KB197222

섬을 잇는 아이

바우솔 문고 05

섬을 잇는 아이

1판 1쇄 | 2020년 10월 15일
1판 6쇄 | 2024년 8월 20일

글 | 예영희
그림 | 정수씨

펴낸이 | 박현진
펴낸곳 | (주)풀과바람
주소 | 경기도 파주시 회동길 329(서패동, 파주출판도시)
전화 | 031) 955-9655~6
팩스 | 031) 955-9657
출판등록 | 2000년 4월 24일 제20-328호
블로그 | blog.naver.com/grassandwind
이메일 | grassandwind@hanmail.net

편집 | 이영란
디자인 | 박기준
마케팅 | 이승민

ⓒ 글 예영희, 그림 정수씨, 2020

값 10,000원
ISBN 978-89-8389-863-0 73810

※ 잘못 만들어진 책은 구입처에서 바꾸어 드립니다.

이 도서의 국립중앙도서관 출판예정도서목록(CIP)은 서지정보유통지원시스템 홈페이지(seoji.nl.go.kr)와
국가자료공동목록시스템(www.nl.go.kr/kolisnet)에서 이용하실 수 있습니다. (CIP제어번호 : CIP2020038299)

제품명 섬을 잇는 아이 | **제조자명** (주)풀과바람 | **제조국명** 대한민국
전화번호 031)955-9655~6 | **주소** 경기도 파주시 회동길 329
제조년월 2024년 8월 20일 | **사용 연령** 8세 이상
KC마크는 이 제품이 공통안전기준에 적합하였음을 의미합니다.

⚠ **주의**

어린이가 책 모서리에
다치지 않게 주의하세요.

섬을 잇는 아이

예영희 글 · 정수씨 그림

머리글

"사람들 사이에 섬이 있다. 그 섬에 가고 싶다."

어린 나이에 정현종 시인의 〈섬〉이란 시가 참 멋있게 보였어요. 그때는 뜻도 제대로 알지 못하면서 친구들에게 보내는 편지 끝에 적어 띄우곤 했지요.

어른이 된 뒤 어느 날, 함께 수업하는 아이가 이 시를 불쑥 내밀었어요.

"선생님, 사람들 사이에 섬이 있는 게 아니고 내가 섬인 것 같아요."

그 아이가 멋있어 보이려고 한 말이 아니라는 건 눈빛을 보고 알 수 있었어요.

"학교에서도 집에서도 나는 외톨이 섬이에요."

시보다 더 멋진 말로 위로를 해 주고 싶었지만 마땅한 말이 생각나지 않아 그저 그 아이 손을 꼭 잡아 주었어요. 그리고 그 아이 수업을 하러 갈 때마다 내가 자라며 외로웠던 순간들과 그 시간들에 무엇을 했는지 생각나는 대로 들려주었어요. 수업보다 내 얘기 듣는 걸 더 좋아해서 곤란하긴 했지만 "그래서요?"라고 물으면 줄줄이 사탕처럼 이야기가 이어졌지요.

그렇게 수업을 마치고 나오면 이상하게 시원했어요. 바깥바람 때문에 그렇다기보다 마음에 묵었던 먼지를 털어낸 듯했어요. 별로 기억하고 싶지 않은 시간들이었는데 생각해 보니 그 시간들을 잘 지내 온 내가 기특했어요.

　누구든 섬이 될 때가 있어요. 아이도 어른도 마찬가지로. 그 섬에 가는 방법은 정해져 있지 않아요. 혼자 가야 할 수도 있고, 여럿이 힘을 모으는 방법도 있어요. 정말 멋진 방법을 찾으면 저에게도 꼭 가르쳐 주세요. 저도 아직 이어야 할 섬이 많거든요.

2020년 가을을 기다리며
예영희

차례

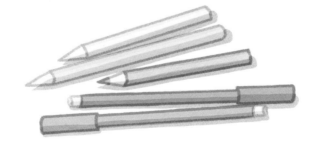

따로따로 가족

    심한 바람에 발밑까지 찰싹찰싹 물이 튀어 올랐다. 바다에 담가 둔 낚싯대도 춤을 추듯 제멋대로 출렁거렸다. 낚시를 시작한 지 몇 시간이 지났는데 물고기는 한 마리도 낚지 못했다. 낚싯대를 던져두고 나란히 선 아빠와 형, 나는 한참을 바다만 바라보고 섰다. 바람을 맞고 서 있느라 허리가 욱신거릴 지경이었다.

마주 보고 선 풍경에 다리가 보였다. 큰 섬 두 개를 잇고 있는 긴 다리였다. 아래위 두 줄로 되어 있는 다리 위로 차들이 쌩쌩 달리고 있었다. 다리가 없을 때는 차들이 어디로 다녔을지 문득 궁금해졌다. 그리고 아무것도 없는 바다 위에 다리를 놓은 기술이 대단하게 느껴졌다. 언젠가 뉴스를 보던 아빠가 바다 풍경 다 망쳐 버릴 흉물이라고 저 다리를 못마땅해했던 기억이 났다. 하지만 아빠의 걱정과 달리 다리가 생긴 뒤 이곳 바다에 관광객이 더 많아졌고, 불꽃 축제 같은 볼거리도 많아졌다.

"바닷바람 한번 시원하구나!"

아빠가 느닷없이 큰 소리로 외쳤다. 형과 나는 그런 아빠를 슬쩍 보고는 이내 낚싯대로 눈길을 돌렸다.

"도진아, 네가 가는 곳은 여기보다 더 넓고 푸른 바다가 있겠지?"

아빠가 형에게 말을 걸었다.

"그렇겠죠, 뭐."

형은 짧은 대답에 이어 어깨를 으쓱해 보였다. 나는 나대로 아빠와 형의 눈치를 살폈다. 둘은 번갈아 나지막한 한숨을 내쉬고 있었다. 내가 끼어들기에는 두 사람의 표정이 너무 진지했다. 오늘 낚시 여행은 말하자면 이별 여행이다. 내일모레면 형이 필리핀으로 어학연수를 떠난다.

"이제 너도 영어 공부 제대로 하고 오는 거야!"

얼마 전 엄마가 어학연수 가이드북을 들고 와선 흥분한 얼굴로 목소리를 높였다.

"게다가 팀 구성원이 어찌나 똑똑하고 집안 좋은 애들인지 돈을 쥐여 주어도 못 끼는 자리라니까!"

"학교는 어떡하고요?"

형이 황당한 얼굴로 엄마를 보았다.

"갑작스럽게 무슨 말이야?"

아빠는 눈썹 사이를 찌푸렸다.

"지숙이네 애가 다치는 바람에 팀원이 한 명 비게 됐지 뭐야? 내가 겨우겨우 부탁해서 얻은 기회라고. 고민할 게 뭐 있어? 보내면 되는 거지!"

엄마는 콧노래까지 흥얼거리며 가이드북을 살폈다.

"일 년이야. 딱 일 년! 비용 걱정은 하지 마! 나도 다음 달부터 학습지 일 시작하기로 했어. 정말 큰맘 먹은 거라고. 혼자 보내려면 돈이 훨씬 더 들걸? 팀으로 가는데 끼게 돼서 얼마나 다행인지 몰라! 다른 애들 여기저기 영어 공부하러 간다고 할 때 우리 애들만 못 보내는 속상한 마음을 당신이 알기나 해?"

아빠나 형의 표정 따위 아랑곳없이 엄마는 자기 기분에 맘껏 취하고 있었다.

"대체 이 집 일은 당신 혼자 다 알아서 하는 거야? 적어도 의논이란 걸 해야 하는 일 아냐? 정작 가야 하는 도진이 입장이 얼마나 곤란하겠냐고!"

큰소리 한번 내는 일 없던 아빠가 화를 내고 말았다.

"그럼 내가 혼자 알아서 했지. 당신이 언제는 관심이나 있었어?"

엄마 목소리가 높아질수록 아빠 얼굴이 붉어졌다.

"말해 봐. 늘 회사 일 핑계로 바쁜 당신이 나나 애들 일에 신경이나 썼냐고? 그래도 나는 불평 없이 애들 키우고 살림했어. 당신 귀찮게 안 하려고 최대한 알아서 혼자 해 왔다고! 그래서 뭐 잘못된 게 하나라도 있었어? 보낼 만하니까 보내려는 거야. 난 도진이 이번에 꼭 보낼 거야!"

엄마 말은 틀린 게 없다. 저렇게 정답을 늘어놓기 시작하면 우리는 할 말이 없어진다. 아빠도 마찬가지일 것이다. 아무 대답도 못 하는 걸 보면 알 수 있다. 아빠와 맞서 있던 엄마가 등을 돌려 버렸다. 나는 엄마의 뒷모습을 유심히 쳐다보았다. 익숙한 모습이었다. 항상 우리의 잘못을 날카롭게 지적한 뒤 다시는 그 잘못을 하지 못하도록 규칙을 정해 주었다.

"기상 시간은 일곱 시. 늦으면 아침밥 없어!"

"벗은 양말은 바로 펴서 세탁물 통에 넣어!"

"학원 빠지면 안 돼!"

규칙을 던져 주고 나면 쌩하니 등을 돌려 버렸다. 지금도 엄마는 자기만의 방식으로 새로운 규칙을 정해 버리고 있었다.

열어 놓은 창으로 제법 쌀쌀해진 가을바람이 불어와 식구들 사이를 훑고 지나갔다. 나도 모르게 어깨가 움츠러들었다.

"아무튼, 난 반대야!"

아빠는 으름장을 놓고 안방으로 들어가 버렸다.

"도진아, 이리 와 봐!"

아빠가 자리를 떠나자 엄마는 본격적으로 형을 옆에 끼고 앉았다. 그러고는 가이드북을 보여 주며 다시 눈을 반짝였다. 마치 그곳에 다녀와 본 사람처럼 꿈같은 생활을 늘어놓았다.

"이것 봐. 학교 옆이 바로 바다야. 주말마다 외식도 한다더라. 기숙사도 아주 멋지지? 한국에서 하루 몇 시간 공부하는 거랑 현지에서 영어로만 생활하는 게 비교가 되겠니? 더 일찍 보내 주지 못해 미안해. 기숙사 생활도 재밌을 거고…"

설명을 듣고 있는 얼굴 위로 엄마의 그림자가 드리운 형의 표정은 내내 어둡기만 했다.

"엄마도 가요?"

내가 물었다.

"그럴 수만 있다면 얼마나 좋겠니? 엄마는 남아서 열심히 돈 벌어야지."

엄마는 즐겁던 표정을 금세 거두고 한숨을 쉬었다.

"정말 가야 해요? 아빠가 안 된다잖아요."

형이 풀 죽은 목소리로 물었다.

"아빠 말은 신경 쓰지 마. 괜히 돈 많이 들까 봐 저러는 거야. 엄마가 일하면 돼! 일 년이 뭐 힘들어? 우리 아들, 걱정하지 마!"

엄마의 목소리가 이내 밝아졌다.

그날 이후로 집안 분위기는 조각을 잘못 뺀 나무 쌓기처럼 위태로웠다.

"안 돼!"

아빠의 대답은 한결같았다.

"아니, 왜 안 된다는 거야? 괜한 고집 좀 그만 부려. 영어
공부 좀 시키겠다는 게 뭐가 어떻다고?"

"애들 얼굴 보기 어렵게 학원으로 돌리는 것도 못마땅했지
만, 어쩔 수 없다 생각하고 참았어. 그런데 이제 애 혼자 어딜
보내겠다고?"

"중학교 1학년이 무슨 애야?"

아빠와 엄마는 어느 한쪽도 물러서지 않고 팽팽하게 맞섰다.

"형은 솔직히 가고 싶지?"

형의 마음이 어떤지 궁금했다. 며칠 내내 입만 꾹 닫고 있으니 가겠다는 것인지 안 가겠다는 것인지 속을 알 수가 없었다.

"저리 가. 머리 아파."

형은 대답 없이 방문을 쾅 닫아 버렸다. 생각해 보면 우리 집에서 엄마 말을 제일 잘 듣는 사람이 형이었다. 나는 형이 필리핀에 가게 될 것을 짐작했다. 이런 분위기의 집에 있는 것보단 그곳에 가는 편이 훨씬 나을지도 모르겠다.

시간이 지나도 엄마와 아빠의 입장은 달라지지 않았다. 엄마는 서류 준비다 뭐다 하며 외출이 잦아졌다. 아빠는 회사 일과 술 마시는 일을 더 열심히 했다. 나는 엄마가 정해 놓은 규칙에 따라 학교와 학원을 오가며 조용히 지냈다. 잘못하다가 세 사람의 화풀이를 몽땅 받게 되는 끔찍한 일이 일어날지도 모르니까.

"당신이 반대해도 이제 어쩔 수 없어. 원서 다 보냈고, 비행기 표도 끊어 놨으니까. 이왕 보내는 거 기분 좋게 보내자고!"

엄마는 마지막 쐐기를 박으면서 승리의 깃발을 손에 쥐었다.

"도진아, 정말 괜찮겠니?"

아빠는 형을 더 걱정하고 있었다.

"모르겠어요."

형의 대답은 애매했다.

"여기보다 환경도 좋고 실컷 영어 공부하고 올 거야. 내가 못 보낼 곳이라도 보내는 것처럼 그러지 좀 마."

엄마는 형의 어깨를 두드리며 아빠를 쏘아보았다.

"도진이 가기 전에 아빠랑 낚시나 한번 가자."

아빠도 완전히 지는 것은 싫었던지 평소 마음에 두었던 소망을 털어놓았다. 여느 때 같으면 엄마가 나서서 "낚시는 무슨 낚시!"라고 말렸겠지만, 이번에는 엄마도 '끙' 한 번으로 조용한 허락을 보였다.

모든 결정이 끝나자 아빠는 깊은 한숨을 쉬며 조용히 술잔을 비웠다.

"형, 솔직히 가고 싶었지? 좋겠다!"

짐을 꾸리는 형 옆에 앉아 물었다.

"뭐가 좋아? 가족도 친구도 없이 지내야 하는데."

형이 소매 춤으로 눈물을 찍어냈다.

"거기 가서 친구 사귀면 되잖아."

"시끄러워! 그럼 네가 가든지! 걸리적거리지 말고 비켜."

방을 나오며 살짝 돌아보았을 때 형은 여행 가방에 엎드려 어깨를 들썩이고 있었다. 사실은 가고 싶었을 거라 짐작했던 내 마음이 부끄러웠다.

"도진아, 낯선 곳에 가서 기죽지 말고 많이 배우고 와!"

낚싯대를 거두며 아빠가 말했다. 그러더니 다시 고개를 들어 멀리 바다를 바라보았다.

"바다는 다 이어져 있겠지? 도진이 보고 싶을 땐 바다에 와야겠다."

"아빠, 전화도 있고 컴퓨터 화상 통화도 다 된대요."

"어, 그래?"

형의 대답에 멋쩍어진 아빠는 서둘러 낚싯대를 챙겼다.

"우리 도진이 돌아오면 또 함께 낚시 오자!"

아빠가 애써 밝은 표정을 지어 보였다.

푸르던 바다 저 끝으로 어느새 주황빛 노을이 물들었다. 우리를 태우러 오는 배가 멀리서 다가오고 있었다.

형이 필리핀으로 떠난 뒤, 우리 가족은 따로따로 가족이 되어 버렸다.

아빠는 점점 더 귀가 시간이 늦어졌고, 엄마도 새로 시작한 학습지 일로 바빴다. 학교와 학원을 다 돌고 와도 빈집일 때가 자주 있었다. 컴컴한 거실에 덩그러니 서서 창밖을 보면 세상에서 멀리 떨어져 나 혼자가 된 기분이 들었다. 나에게 아무것도 물어봐 주지 않은 엄마와 아빠가 미웠다. 낯선 곳에서 혼자인 형이 걱정되었다. 형과 내가 고아 아닌 고아가 되어 버린 것 같다. 아빠나 엄마는 항상 우리 행복이 제일 우선이라고 했는데, 나는 지금 하나도 행복하지 않다.

형에게 메일을 썼다.

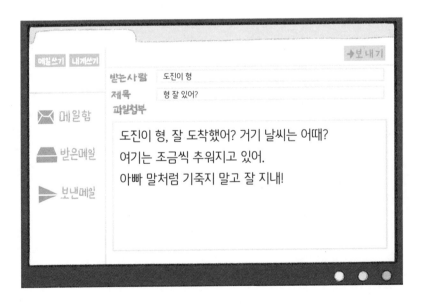

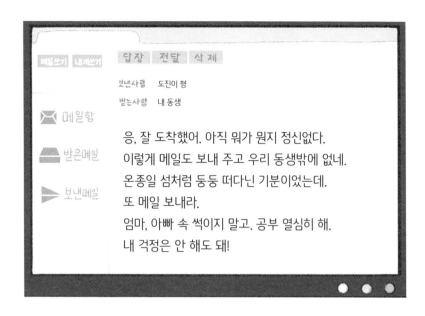

메일쓰기 내게쓰기　　답장　전달　삭제

보낸사람　도진이 형

받는사람　내 동생

메일함

받은메일

보낸메일

응, 잘 도착했어. 아직 뭐가 뭔지 정신없다.
이렇게 메일도 보내 주고 우리 동생밖에 없네.
온종일 섬처럼 둥둥 떠다닌 기분이었는데.
또 메일 보내라.
엄마, 아빠 속 썩이지 말고. 공부 열심히 해.
내 걱정은 안 해도 돼!

　걱정하지 말라는 말이 더 걱정되었다. 외롭다는 말을 '섬처럼'이라고 표현한 형이 조금 멋있어 보였다.

용기가 필요해

"형 갔어?"

청소를 마친 정빈이가 어깨를 툭 치며 물었다.

"어? 응."

"형 없으니까 좋지?"

"뭐, 별로. 아직 잘 모르겠어."

"나는 우리 형 캐나다 가고 완전 내 세상이잖아! 우선 컴
퓨터부터 차지해야 하는 거 알지?"

정빈이는 다시 한번 어깨를 툭 치곤 가방을 챙기러 가 버렸다.

"먼저 간다!"

정빈이가 짧은 인사만 남기고 교실을 서둘러 나섰다.

"황정빈! 너 오늘도 학원 안 갈 거야?"

나는 메던 가방을 팽개치고 뒷문으로 달려가 정빈이를 불렀다.

"서도영! 열공 하셔!"

복도 끝으로 달리던 정빈이가 잠깐 돌아보며 손을 흔들었다.

지난 여름방학 때 정빈이네 형이 캐나다로 떠났다. 형만 간 것이 아니라 엄마도 함께 갔다.

"뭐야? 나는 자식도 아닌가?"

처음엔 엄마가 없는 불편함 때문에 정빈이는 자주 투덜거렸다. 그것도 잠시. 엄마의 간섭에서 벗어난 정빈이는 제멋대로 학원을 빼먹기 시작했다. 어쩌다가 자기 아빠에게 들켜 혼이 날 때도 있었지만, 그때뿐이었다.

급기야 시골에서 할머니까지 올라왔는데도 거짓말이나 애교 작전으로 대충 눈가림하기 일쑤였다. 나랑 반대로 활발하고 친구가 많은 정빈이는 늘 바빴다. 한동안은 축구를 한다고 흙먼지를 날리며 몰려다니더니 요즘은 온라인 게임에 푹 빠졌다. 장래 희망까지 프로게이머로 바꿀 정도였다.

"도영아, 같이하자."

"황정빈! 그건 어린이용 게임이 아니잖아?"

몇 번이나 같이하자고 했지만, 나는 선뜻 내키지 않았다.
엄마한테 들키는 장면이 먼저 상상되었기 때문이다. 게다가
정빈이는 그 게임을 하려고 자기 엄마의 주민 등록 번호까지

몰래 사용했다. 내 용기로는 어림없는 일이었다.

"소심 대왕 서도영! 5학년쯤 되면 시시한 어린이용 게임에서 벗어나야 하는 거 아냐?"

정빈이가 한심하다는 듯 말했었다.

오늘같이 마음이 뒤숭숭할 때 정빈이가 옆에 있어 주면 좋으련만.

"쳇, 그깟 게임이 친구보다 좋냐?"

애꿎은 돌멩이 하나를 운동장 구석으로 차 버렸다. 학원 가는 길이 유난히 멀게 느껴졌다.

수업 중에 모바일 메신저 진동이 울렸다.

앗싸, 드디어 만렙!

정빈이였다. 시계를 보니 7시 50분. 아직도 피시방에 있는 모양이었다.

일단 축하. 집에 안 가?

선생님 눈치를 살피며 답장을 보냈다.

이제 가야지. 학원 마칠 시간 맞춰야지?
ㅋㅋ

정빈이의 메시지를 보니 괜히 약이 올랐다. 우리 엄마도 차라리 형이랑 같이 갔더라면 얼마나 좋았을까?

“도영아, 제발! 응? 우리는 절친이잖아?”

며칠째 정빈이가 졸라대고 있었다.

“친구 추천 두 명 이상 하면 아이템을 준대. 내가 꼭 갖고 싶었던 거란 말이야. 응?”

“다른 애들도 있잖아!”

“걔들은 이 게임 가입되어 있으니까 안 된단 말이야.”

“안 돼. 난 못 한다고.”

“그냥 가입만 해도 돼.”

“난 부모님 주민 등록 번호 훔쳐 쓰기 싫어!”

“그게 뭐 어렵냐? 친구 사이에. 아무튼 소심하긴.”

정빈이는 고개를 홱 돌려 버렸다. 그렇게 토라진 채 며칠이 흘렀다.

“아, 알았어.”

나는 마지못해 대답하고 말았다.

4학년 때 애들한테 맞고 있던 나를 구해 준 정빈이. 그런 정빈이 부탁이면 마음이 약해졌다.

안방의 서랍을 열고 몇 가지 서류를 뒤지니 내가 찾던 것
이 나왔다. 공포 영화를 볼 때처럼 가슴이 쿵쾅거렸다. 서둘
러 쪽지에 베껴 적는 동안도 손이 덜덜 떨렸다. 어림없을 줄
알았던 일이 이렇게 쉽게 이뤄질 줄 미처 몰랐다.

다음 날, 내가 내민 쪽지를 받고 정빈이는 몇 번이고 꼭 안아 주었다.

"고맙다. 고마워!"

"그 게임이 그렇게 재미있어?"

"헤헤, 솔직히 너도 하고 싶지?"

정빈이가 내 마음을 콕 찔렀다.

"아, 아니!"

"그래? 너도 일단 한번 해 보면 마음이 달라질 텐데. 뭐, 그렇게 싫다니 어쩔 수 없지."

정빈이에게 표정을 들키기 싫어 얼른 고개를 숙였다. 마음속이 여러 개 감정으로 복잡해졌다. 불안함, 죄책감, 호기심. 나한테는 조금 낯선 것들이었다. 어떤 감정에 충실해야 하는지 결정하기 어려웠다.

엄마 얼굴이 자꾸만 떠올랐다. 나는 머리를 세게 흔들어 떠오르는 엄마 얼굴을 지우고 또 지웠다. 내가 그러고 있는 사이 정빈이는 아이들 속에 섞여 오늘 얻게 될 게임 아이템을 자랑하느라 바빴다. 나도 저 무리에 어울려 있는 모습을 잠깐 그려 보았다. 내가 웃고 있었다.

섬 잇기 대작전

    정빈이를 따라 처음으로 피시방에 가게 되었다. 엄마 규칙에 따라 절대 가서는 안 되는 곳이 바로 피시방이었다. 엄마는 마치 피시방이 범죄자들 소굴인 것처럼 겁을 주었다. 온갖 나쁜 것들이 가득하고 여기에 오면 나도 나쁜 애가 될 것만 같았다. 그곳에 들어가려니 쉽게 용기가 나질 않았다.

    "5학년 되도록 피시방 안 와 본 애는 네가 처음일 거다."

정빈이가 망설이는 내 손을 잡아끌었다.

어두운 조명 아래 칸마다 컴퓨터와 사람들이 빼곡하게 들어차 있었다. 범죄자처럼 생긴 사람은 아무도 없었다. 다들 평범하게 생긴 보통 사람들이었다.

집에서 보던 것보다 모니터 불빛이 유난히 밝게 느껴졌다.

"뭐 하냐? 촌스럽게."

정빈이가 둘러보느라 얼떨떨해 있는 나를 끌어 앉혔다. 시계를 보니 학원 가야 할 시간은 이미 지났다.

"난 그냥 옆에서 보기만 할게."

잠깐만 앉아 있다 학원에 갈 생각이었다.

"그래? 그럼 그러든지."

정빈이는 능숙한 손놀림으로 게임에 접속하고 있었다.

"자! 시작해 볼까?"

정빈이는 나 말고도 자기 아빠와 할머니까지 게임 가입을 시키는 데 성공했다. 물론 두 분은 꿈에도 생각지 못하겠지만. 그렇게 정빈이는 원하던 게임 아이템을 얻어냈다.

"도영아, 진짜 고맙다! 헤헤헤."

싱글벙글 정빈이는 신이 났다.

"그게 좋은 거야?"

"응! 이 무기는 상점에도 안 파는 귀한 아이템이란다."

정빈이 말이 무슨 말인지 모르겠다.

"그런 것도 막 사고 그래야 해? 어디서 팔아?"

"게임도 그냥 막 하는 거 아니다. 이것저것 사야 할 게 얼마나 많은데. 게임 안에도 상점이 다 있어."

정빈이가 화면을 바꿔 상점을 보여 주었다. 신기한 것들이 잔뜩 있었다. 저절로 몸이 화면 앞으로 나아갔다.

"야, 너도 그냥 한번 해 봐! 혼자 놀기도 좋고 얼마나 신나는데!"

정빈이의 유혹이 다른 날보다 몇 배 달콤했다.

"그, 그럴까?"

"그래! 진짜 재미있다니까!"

정빈이가 내미는 유혹을 더는 마다할 수 없었다.

내 이름으로 가입된 아이디와 비밀번호를 입력하자 드디어 게임 창이 열렸다.

"정빈아, 이렇게 하는 거 맞아?"

"오! 서도영 제법 하는데? 좋아, 좋아! 만렙을 향하여!"

정빈이 덕분에 시작한 게임은 '섬 잇기 대작전'이라는 온라인 게임이었다.

"전체 지도를 보면 작은 섬이랑 큰 섬이 여러 개 보이지? 이 섬들은 원래 하나였는데 악의 무리가 종족들을 무너뜨리려고 마법을 써서 일부러 다 갈라놓은 거란 말이지. 우리가 할 일은? 이 섬을 지키는 악의 무리를 없애고 마법을 해제해 섬들을 다시 잇는 거야. 이해함?"

정빈이는 신이 나서 나에게 이것저것을 가르쳐 주었다. 정빈이가 이 열정으로 공부에 빠진다면 아마 서울대도 거뜬하지 않을까 하는 생각이 들었다.

게임에 접속할 때 두려웠던 마음은 이제 나를 괴롭히지 않았다. 나는 물속으로 빠져드는 것처럼 게임 속으로 풍덩! 들어가고 있었다.

잠시 뒤, 뒷사람이 의자를 치고 나가는 바람에 정신이 번쩍 들었다. 시간이 언제 흘렀는지 모르게 지나 있었다. 그제야 학원에 가야 할 걱정이 다시 밀려왔다.

"이제 가자. 앞 시간 빠진 건 대충 둘러대고 뒤 시간 수업이라도 듣자."

정빈이 옷깃을 슬쩍 당기며 달래 보았다.

"소심 대왕이 어쩐 일로 거짓말할 생각을 다 했을까? 점점 용감해져 가고 있군. 됐어. 난 여기 더 있다 갈래. 너 혼자가."

역시 통하질 않았다. 하는 수 없이 혼자 학원으로 달렸다. 달리는 동안 무슨 거짓말을 해야 할지 생각하느라 두 배로 숨이 가빴다.

"서도영! 왜 이렇게 늦었어? 어머니께 전화하려던 참인데."

수학 선생님의 말씀에 심장이 터지는 줄 알았다.

"모, 모둠 숙제 하느라. 헉헉. 엄마한테 말했어요. 저, 전화 안 하셔도 돼요. 헉헉!"

"그래? 안 그러던 애가 무슨 일인가 했어. 다음엔 미리 연락해!"

다행히 선생님은 내 말을 믿어 주는 눈치였다.

학원 수업을 받는 내내 칠판 가득 게임이 펼쳐졌다. 선생님은 괴물, 분필은 무기. 나는 몇 번씩이나 칠판 앞으로 달려가 선생님을 쓰러뜨리는 상상을 했다. 그 바람에 책상을 꽉 잡은 채 수업이 끝나기를 기다려야 했다.

오늘 처음 시작했을 뿐인데 어느새 머릿속이 게임으로 가득 찼다. 정빈이처럼 매일 피시방에 갈 수도 없는 내 처지가 갑갑해졌다.

집에 와서는 숙제도 미루고 형 방으로 갔다. 형 차지였던 컴퓨터 앞에 앉으니 뭔가 짜릿한 느낌이 들었다. 정빈이가 말했던 '내 세상'을 조금은 이해할 수 있을 듯했다.

컴퓨터 화면이 밝아졌다. 그러자 알 수 없는 힘이 나를 움직이기 시작했다.

'뭘 고민해. 어서 깔아.'

누군가 내 귀에 속삭였다.

"안 돼! 안 돼!"

동시에 엄마 얼굴이 모니터 안에 커다랗게 떠올랐다.

흠칫 놀라 몸이 저절로 휙 젖혀졌다. 게임을 깔았다가 들키는 날에 어떤 일이 벌어질지 생각만 해도 오싹했다.

'바보! 엄마는 바빠서 네 컴퓨터 살필 시간도 없잖아!'

날 유혹하는 목소리가 또 귓가에 울렸다. 맞는 말이었다.

'엄마나 아빠가 너한테 관심이나 있을까?'

'집에 혼자 있을 때 조금씩만 하면 돼.'

'들키지만 않으면 되잖아.'

처음엔 하나였던 목소리가 점점 여러 개로 들려왔다.

그 힘에 이끌려 내 손이 자판 위로 움직였다. 컴퓨터 모니터에 '섬 잇기 대작전' 게임이 깔리기 시작했다.

이제껏 내가 저지른 일 중에서 두 번째로 용기 있는 일이었다. 정빈이가 이 사실을 알면 내 이름 앞에 걸핏하면 붙이는 '소심 대왕' 네 글자를 떼어 줄지도 모르겠다. 없던 용기가 한꺼번에 가슴팍을 뚫고 나오는 기분이었다. 게임이 깔리고 있음을 알리는 숫자가 점점 높아졌다.

20, 45, 65%. 숫자를 쳐다보고 있으니 마음이 조급해졌다. 누가 오기 전에 얼른 해치워야 했다.

"도진아, 뭐 하고 있어? 집에 불도 안 켜고."

"어? 아빠!"

인기척에 깜짝 놀라 시계를 보니 벌써 밤 10시가 다 되었다. 방문이 열리는 것도 몰랐다니!

"도영이였구나. 허허허."

아빠는 아쉬운 듯 돌아서 나갔다.

100%. 드디어 게임이 다 깔렸다.

일단 컴퓨터를 끄고 벌떡 일어나 아빠를 따라나섰다. 아빠 등 뒤로 들큼한 술 냄새가 그림자처럼 깔렸다. 이제 곧 엄마도 돌아올 때가 되었다.

"아빠, 물 드릴까요?"

"좋지!"

아빠는 소파에 앉자마자 TV를 켰다. 컴퓨터 화면을 보았는지 못 보았는지 알 길이 없었다. 마음이 조마조마하자 나도 목이 말랐다.

냉장고에서 물을 꺼내 컵에 따르려는 순간 엄마가 문을 열고 들어섰다.

"어휴, 술 냄새. 당신 또 술 마셨어?"

엄마는 아빠를 보자마자 짜증을 냈다.

"잔소리 사절입니다!"

아빠도 툭 쏘아버리곤 눈을 감아 버렸다. 한숨을 크게 내쉰 엄마는 안방 문을 거칠게 열어젖혔다.

"도영아, 아빠랑 낚시 갈래?"

아빠가 난데없이 내가 있는 부엌을 향해 소리쳤다.

"네?"

내다보니 TV 화면 가득 바다가 펼쳐져 있다. 아빠가 자주 보는 낚시 방송이었다.

"우리 아들이랑 낚시 가고 싶다!"

아빠는 양말을 벗어 던지며 소리를 질렀다. 아빠의 술주정인가? 형이 보고 싶은 건가?

"바쁜 애한테 낚시는 무슨 낚시? 쓸데없는 소리 할 거면 들어가 잠이나 자."

씻으러 나오던 엄마가 아빠 말을 낚아챘다. 그러고는 나를 보았다.

"도영이 학원 갔다 왔지? 숙제는? 내일 준비물 확인 다 했어?"

엄마의 속사포 질문에 내가 오히려 숨이 찰 지경이었다.

"네. 하고 있어요. 준비물은 없고요."

"그래, 5학년쯤 되면 좀 알아서 하자. 응?"

대답 대신 물컵을 들고 내 방으로 와 버렸다.

이따금 엄마의 잔소리와 아빠의 짜증이 문틈으로 새어 들어왔다.

집안 분위기가 컵 속의 물만큼 차갑다. 엄마는 갈수록 더 까칠해졌다. 아빠도 웃음을 잃어버렸다. 이 정도로 엉망은 아니었는데. 형은 어떻게 지내고 있을까? 우리 식구들도 나쁜 마법에 걸린 것이 분명하다.

거실에 불이 꺼진 것을 확인하고 다시 형 방으로 와 컴퓨터 앞에 앉았다. 엄마나 아빠가 들어오지 않을 것이 분명했다.

미소공주: 하이!

킹왕짱: 하이!

고독한늑대: 처음 뵙겠습니다. 안녕하세요.

아일랜드맨: 오홀! 신참이신 모양? 잘 되어 가나요?

고독한늑대: 님들이 도와주시니까 렙 업이 훨씬 빠르네요. 고맙습니다.

킹왕짱: ㅋㅋ

미소공주: ^^

고독한늑대: 게임이 재미있긴 한데 이것도 쉬운 일이 아니군요.

미소공주: 밤새워 본 적 없으면 말을 하지 마세용.

킹왕짱: 팔목에 파스 붙이고 있음.

아일랜드맨: ㅋㅋ

고독한늑대: 그래도 요즘 게임 덕분에 좀 덜 외롭네요.

괴물사냥꾼: 고독한늑대님. 난 기러기아빠~ 게임이 마누라고 자식임.

킹왕짱: ㅜㅜ

늦은 밤에도 게임 속 세상은 잠들지 못한 사람들로 북적였다. 대화창으로 올라오는 글을 읽는 재미도 쏠쏠했다.

"에잇! 내 칼을 받아라!"

"으악! 픽!"

괴물들을 차례로 쓰러뜨리니 어느새 마음이 시원해졌다.

게임을 마치고 메일을 열었다.

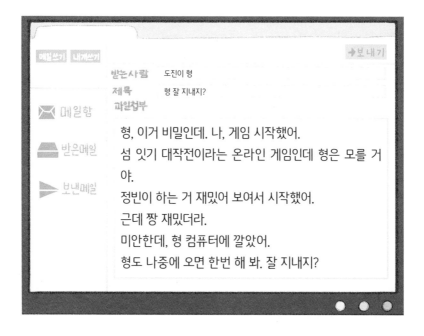

형에게 비밀을 털어놓으니 잔뜩 불안했던 마음이 싹 가시
는 기분이었다. 형이랑 나란히 앉아서 게임을 하는 모습을
상상했다. 형도 분명히 이 게임을 좋아할 것 같다.

안심하면 안 돼!

"어이, 섬 집 소년! 안녕!"

아침 인사를 건네는 정빈이 눈이 퉁퉁 부었다.

"정빈아, 너 얼굴이 왜 그래?"

"내가 뭘. 아, 후."

정빈이는 하품을 크게 하며 책상에 엎드렸다.

"무슨 일 있었어?"

"나, 캐나다 갈지도 몰라."

정빈이는 뜸을 들이더니 엎드린 채로 대답했다.

"캐나다?"

나도 모르게 목소리가 커졌다.

"뭐야? 자세하게 얘기 좀 해 봐."

"나중에."

정빈이는 겨우 짧은 대답으로 내 질문을 막아 버렸다.

이제나저제나 대답을 기다리는 내 마음과 다르게 정빈이는 불쑥 꺼낸 그 일에 대해서 다시 말하지 않았고, 수업 시간은 무심하게 흘러갔다.

학교를 마친 뒤, 정빈이는 다른 날처럼 피시방으로 나는 학원으로 각자의 길을 갔다. 마음 같아선 정빈이를 따라가고 싶었지만, 엄마한테 전화하려 했다는 선생님 말씀이 떠올라 그럴 수가 없었다.

> 내일은 토요일! 피시방 같이 갈까?

밤늦게 정빈이가 모바일 메신저 메시지를 보내왔다.

> 좋아. 엄마, 아빠 다 나가면 전화할게.

내일은 정빈이가 무슨 얘기라도 하겠지, 생각하며 엄마 아빠 몰래 형 방으로 향했다. 컴퓨터를 켜며 다짐했다. 만약 이야기를 안 하면 대답할 때까지 물고 늘어질 거라고.

지금은 일단 게임부터 할 생각에 게임 시작 버튼을 재빠르게 눌렀다. '섬 잇기 대작전'이 모니터 가득 펼쳐졌다.

멋진 배경 화면이 어서 오라고 반겨 주었다. 온종일 이 순간을 얼마나 기다렸는지 모른다. 아이디와 비밀번호를 입력했다. 내 캐릭터, 섬 집 소년이 모습을 드러냈다. 아직은 겨우 10레벨이다. 60레벨 정빈이를 따라잡으려면 며칠 밤을 새워도 모자라겠다.

섬을 잇는 건 쉽지 않았다. 처음엔 간단히 다리만 몇 개 놓으면 되었다. 하지만 레벨이 올라갈수록 복잡해졌다. 다리 놓는 것도 복잡해지고 어려워졌다. 방해하는 괴물들이 점점 더 사나워졌고, 곳곳에 이상한 함정들도 숨겨져 있어 긴장을 늦출 수 없었다.

괴물들은 작은 벌레부터 내 캐릭터보다 몇 배나 큰 녀석들도 있었다. 나는 아직 작은 벌레나 공격력이 낮은 괴물들을 잡는 정도였다. 아무렇게나 칼을 휘두른다고 쉽게 잡을 수 있는 것도 아니었다. 무기의 사용법도 잘 알아야 하고 여러 가지 공격 기술을 익히는 일도 빠짐없이 해나가야 했다.

"거참, 게임 하루 이틀 하시나? 초딩처럼 왜 이래?"

45

게임 중에 실수라도 하면 사과할 틈도 없이 대화창에 비난 글이 오르기도 했다. 그럴 때면 괜히 자존심도 상하고 마음도 조급해졌다. 하루빨리 높은 레벨이 되어 흩어진 섬들을 이어붙이고 싶었다. 높은 레벨이 되면 커다란 새를 타고 날아다닐 수도 있다고 했는데 그러기엔 아직 갈 길이 멀다.

"다리 놓기가 제일 중요한 단계야. 그래야 다른 섬으로 가는 길이 생기니까. 문제는 점점 혼자 하기 어려워진다는 거지. 레벨이 올라가면 파티 사냥을 해서 대장 괴물들을 잡아야 마법의 문이 열려. 다리 놓았다고 안심하면 안 돼. 사냥 시간도 정해져 있어서, 시간 안에 못 잡으면 파티원 전멸!"

내 눈엔 정빈이가 게임 박사 같았다.

"근데, 복잡한 게 너무 많아. 괴물들도 무섭고."

"야, 소심 대왕! 그러니까 정신 바짝 차리고 해야지! 섬마다 뚫고 들어가는 방법이 다른 거라고. 너처럼 겁먹고 있으면 어느 세월에 섬을 다 잇겠냐?"

정빈이는 고렙답게 쪽지로 잔소리를 해댔다.

이것저것 아이템 정리를 마치고 막 사냥을 시작하려는 순간 방문이 벌컥 열렸다.

"도영아, 또 형 방에 있네?"

아빠 목소리였다. 돌아봐야 하는데 뻣뻣해진 어깨가 말을 듣지 않았다.

"뭐 해?"

아빠가 내 옆에 와서 섰다. 고개를 푹 숙이고 있어서 보진 못했지만, 아빠가 모니터를 살피는 것이 분명했다.

"게임이니?"

아빠의 부드러운 목소리를 들으니 조금 진정이 되었다. 엄마가 아니라는 사실이 새삼 다행스럽게 느껴졌다.

"네."

"재미있어? 뭐 하는 게임이야?"

"괴물들을 잡고 섬을 이어야 해요."

어서 꺼야 할 것 같은데 아빠가 묻는 말에 꼬박꼬박 대답하고 있는 내가 답답할 지경이었다.

"섬? 이런 게 재밌어? 참, 내일 오랜만에 아빠랑 낚시 갈래?"

아빠가 지난번에 했던 말이 술김에 한 말이 아니었나 보다.

"내일 정빈이랑 약속 있어요."

"그렇구나. 알았다. 엄마 오기 전에 그만하고."

혼내지 않는 아빠의 마음이 애정인지 무관심인지 알 수가 없었다.

큰일 날 뻔! 아빠한테 들켰음. 엄마 아님. 천만다행!

나는 정빈이에게 메시지를 보냈다.

헐!

정빈이가 보낸 짧은 답장에 좀 김이 새긴 했지만, 게임 들
킨 일이 이 정도로 끝났다는 사실에 혼자 가슴을 쓸었다.

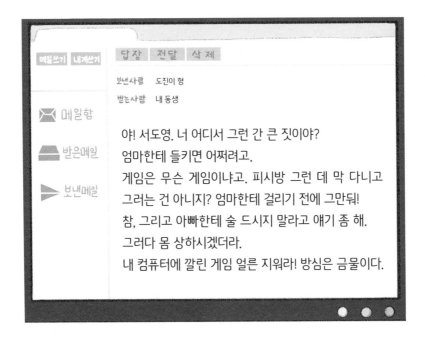

형의 메일을 보니 쓸었던 가슴이 다시 조여 왔다. 형이 이
렇게 나올 줄은 몰랐다. 나보다 몇 배는 소심쟁이! 당장 지울
까도 생각했지만, 어차피 형 올 때까지 컴퓨터는 내 차지니까

조금만 더 해 보기로 했다.

다음 날은 토요일이었지만, 일찍부터 잠이 깼다. 정빈이랑 약속한 일에 기대감이 컸기 때문이었다. 아무래도 집에서 가슴 졸이며 게임을 하는 것보다 피시방에서 하는 편이 훨씬 신이 났다. 아빠와 엄마가 나가기를 기다리는 시간이 지루했다. 드디어 아빠가 낚시 가방을 메고 나가고 엄마 구두 소리를 확인한 뒤, 정빈이에게 전화했다.

"황정빈, 어디서 만날까?"

"응. 피시방으로 바로 와."

정빈이의 말에 나도 서둘러 피시방으로 향했다.

정빈이는 고렙들과 파티 사냥을 했고, 나는 내 레벨에 맞는 섬에서 혼자 괴물을 사냥했다. 사람들과 어울려 사냥하러 다니는 정빈이가 부러웠다. 헤드셋을 끼고 사냥에 집중하는 모습마저 멋있어 보였다.

"저기요. 그렇게 하시면 안 돼요. 파티 사냥 처음이세요?"

뭔가 마음에 안 드는지 정빈이가 인상을 찡그리며 말했다.

그런 정빈이를 보고 있다가 어제 정빈이가 했던 말이 떠올랐다. 만나면 당장이라도 물으려 했던 것을 게임에 빠져 이제야 생각이 난 것이다. '나중에'라고 했던 그 시간은 언제쯤일지 다시 궁금해지기 시작했다.

과연 무슨 말을 해 주려고 그렇게 뜸을 들이는지 묻고 싶어서 게임을 하는 틈틈이 곁눈질로 정빈이를 살폈다. 정빈이는 그런 내 마음을 알지도 못하고 파티 사냥에 정신이 없었다.

혼자 하는 사냥이 슬슬 지겨워졌다. 사람들로 꽉 찬 피시
방 공기도 가슴팍에 턱턱 차올랐다. 어른, 아이 할 것 없이
모니터 앞에서 웃고 화내며 떠들어대고 있었다.

"정빈아, 배고프다."

헤드셋을 낀 정빈이에게 내 목소리가 들릴 리가 없었다.

"그만 나가자고."

정빈이의 한쪽 헤드셋을 치켜올리며 말하자 그제야 정빈이가 반응을 보였다.

"그럴까?"

어쩐 일인지 정빈이가 순순히 내 말에 따라 주었다.

"와, 사람들 진짜 웃긴다."

피시방을 나오던 정빈이가 고개를 절레절레 흔들며 말했다.

"왜? 뭐가 웃긴다는 거야?"

"아까 파티 사냥하는 거 봤지? 그중에 한 사람이 자기는 아직 서툰데 파티 사람들이 자기 안 챙겨 준다고 징징대는 거야. 오늘 사냥은 망쳤어!"

"그 사람은 왜 그래?"

"게임 하다 보면 이상한 사람 많아. 남한테 의지하려고만 들고 스스로 해결할 줄 모르는 사람들이 제일 짜증 나."

정빈이 말이 무슨 뜻인지 이해가 잘 안 됐다.

"그럼 서로 챙겨 주면 되잖아?"

"야, 그런 게 어디 있냐? 자기 할 일은 자기가 챙기는 거지. 파티 사냥 들어가면 정신없어. 괴물한테 죽으면 경험치 깎이지, 잘못하다간 아이템도 없어질 수 있다고. 남이 먼저 해 주길 기다리는 게 아니고, 자기가 적극적으로 나서야 해."

정빈이는 계단 벽을 쾅쾅 쳤다.

"재밌으려고 하는 건데 뭘 그렇게까지 흥분해?"

마치 내가 혼난 것처럼 괜히 주눅이 들었다.

"됐고! 배고프다. 어서 가자."

정빈이와 나는 피시방 건너편 분식집으로 향했다.

"그런데 너 캐나다 간다는 말 무슨 말이야?"

마주 앉아 시킨 음식이 나오기를 기다리다 정빈이한테 조심스럽게 물었다.

"아이고, 우리 소심 대왕. 그거 물어보고 싶어서 이때까지 속 좀 끓이셨겠네. 헤헤헤."

마음속을 홀랑 들켜버려 얼굴이 화끈거렸다.

"너도 잘 알지? 우리 집 분위기. 요즘 할머니까지 편찮으셔. 아빠가 엄마한테 캐나다에서 들어오던지, 이혼하던지, 결정하라고 했대. 형 공부 때문에 엄마는 지금 들어올 수 없다고 하고."

정빈이는 고개를 푹 숙인 채 분식집 탁자를 연신 문질렀다.

"그러니 둘 중 하나가 아니면 남은 하나로 결정되는 거지. 이, 혼. 엄마가 나도 캐나다로 보내라고 했다네."

정빈이는 제 물컵 물을 금세 비우더니 내 물까지 벌컥벌컥
마셨다.

정빈이네나 우리 집이나 별다를 게 없었다. 각자 뿔뿔이 흩
어진 것 말이다. 가족들이 모여 오순도순 이야기 나누는 장
면은 TV 드라마에서나 있을 법한 일이었다. 우리 마음과 상
관없이 일어나버린 일들에 어떻게 맞서야 할지 모르겠다. 정

빈이에게 해 줄 마땅한 위로가 하나도 생각나지 않았다.

"에이. 떡볶이 왜 이렇게 매워?"

어느새 눈시울이 붉어진 정빈이는 연거푸 물을 들이켰다.

"그러게. 김밥도 완전 짜다."

나는 정빈이 물컵을 채워 가져다주며 옆 탁자의 휴지도 함
께 내밀었다.

우리 가족 닮은꼴

미술 시간, 선생님은 칠판에 '우리 가족과 닮은꼴 찾기'라고 크게 적었다.

"선생님 식구들은 4명이 삼겹살 10인분을 거뜬히 해치우지. 하하하! 우리 가족 닮은꼴은 바로, 돼지! 여러분도 생각해 보면 가족과 닮은꼴을 찾아낼 수 있을 거예요. 이번 기회에 가족들에 대해서 생각도 좀 해 보고! 자, 시작해 볼까?"

선생님의 밝은 얼굴과 달리 아이들은 곤란한 표정으로 갸우뚱거렸다.

"가족들 얼굴을 봐야 뭐가 떠오르지."

뒤에 앉은 정빈이가 내 걸상 다리를 툭툭 치며 구시렁거렸다.

　나도 마땅히 떠오르는 것이 없어 연필만 데굴데굴 굴렸다. 둘러보니 아이들의 모습도 제각각이었다. 한숨을 푹 쉬는가 하면 머리를 벅벅 긁어대기도 하고. 그런 중에서 쓱쓱 그려 내는 아이들이 신기했다. 악기, 동물원, 나무. 저런 바람직한 닮은꼴을 찾아낼 수 있게 해 준 그 아이들의 가족이 진짜 궁금했다.

　문득, '섬 잇기 대작전'이 떠올랐다. 악의 무리가 마법을 걸어 강제로 흩어놓아 버린 섬들. 썩 바람직하진 않지만, 더 생각날 것도 없어 그냥 스케치를 시작했다.

···

　"서도영! 집에 가기 전에 선생님 잠깐 보자."

　청소 시간에 선생님이 나를 찾았다. 일단 불안했다. 내가 잘못한 것이 있는지 곰곰이 생각해 보았다. 아이들이 모두 집에 갈 때까지 뾰족한 것이 떠오르지 않았다.

　"도영아, 이리 와 앉아 봐."

　선생님의 목소리가 부드러운 것을 보니 잘못한 일은 아닌 모양이었다.

　"도영아, 요즘 고민 같은 거 있니?"

"…."

"흠. 다른 게 아니고."

선생님이 내 그림을 책상 위에 펼쳤다. 소파 섬의 아빠, 침대 섬의 엄마, 컴퓨터 섬의 나, 필리핀의 형이 바다 위에 동동 떠 있었다. 괜히 이렇게 그렸다는 후회가 밀려왔다.

"하하하! 표현력 하나는 정말 좋은데? 흠흠, 도영이가 평소에 워낙 얌전하고 말수도 적은 편이잖아? 혼자 고민거리 떠안고 있는 건 아닐까 걱정이 되었어. 선생님이 힘이 되어 줄 수 있으면 좋을 텐데 말이야."

나는 부끄러운 마음에 얼른 이 자리를 피하고 싶은 생각뿐

이었다.

"저, 선생님."

"그래, 도영아."

"…학원 가야 할 시간인데요."

선생님의 실망 어린 눈빛이 단박에 느껴졌다.

"좋아, 하고 싶은 말이 생기면 언제든 선생님을 찾아 줘. 직접 말하기 어려울 때는 휴대 전화라는 편리한 기계를 이용한다든지, 이메일도 대환영!"

선생님이 더 캐묻지 않아 다행이었다.

나는 그저 인사만 꾸벅 남기곤 교실을 나왔다.

"끝났냐?"

정빈이였다.

"기다린 거야?"

"아니, 나도 선생님 소환. 그림 때문이겠지, 뭐. 너는 뭐였어?"

"어? 어… 섬."

"나보다 낫네. 나는 콩가루. 헤헤헤. 먼저 가라."

정빈이가 교실로 들어간 뒤에도 나는 한참 그 자리에 서 있었다. 콩가루를 어떻게 그렸을지 궁금했다. 정빈이도 엄청 부끄럽겠다. 아무리 분위기가 안 좋아도 우리 가족이 부끄러웠던 적은 없었는데. 나는 오늘 처음 우리 가족이 부끄러웠다.

'타닥타닥, 칙칙.'

부엌에서 나는 소리였다.

살짝 내다보니 엄마가 부엌에 나와 있었다. 학습지 일을 시작하고부터는 일요일마다 종일 침대에서 잠만 자던 엄마가 오늘은 무슨 일인지 모르겠다.

"도영아, 일어났니? 나와서 국수 먹자!"

엄마 목소리가 다른 날보다 상냥했다.

"당신이 어쩐 일이야?"

아빠도 식탁의 풍경을 보곤 반가운 표정을 지었다.

"그냥. 먹고 싶어서. 어서들 앉아."

"오늘은 해가 서쪽에서 떴나?"

아빠의 말에 엄마는 못마땅한 얼굴을 했다. 그런 엄마를 살피지 못하는 아빠 때문에 불안했다.

세 그릇의 국수를 두고 우리 가족이 정말 오랜만에 모여 앉았다. 형만 있었으면 제대로 된 가족 모습이 완성되었을 것 같았다.

"엄마, 정빈이도 캐나다 가게 될지 모른대요."

나는 왜 그 순간에 그 얘기를 꺼내고야 말았을까. 딴에는 어색한 분위기를 바꿔 보고 싶었을 뿐이었다. 하고 많은 이야기 중에서 튀어나온 것이 하필 그 얘기라는 게 문제였다.

"그래? 정빈이는 좋겠네. 부럽구나."

엄마는 당황하여 벌겋게 달아오른 내 얼굴은 보지도 않은 채 무심히 대답했다.

"그 집구석도 잘 돌아간다."

아빠답지 않은 험한 반응에 엄마와 나는 눈이 커졌다.

"능력 있는 아빠 덕분에 애들 누리고 사는 게 왜? 뭐가 못마땅해서 번듯한 남의 집을 집구석이래?"

엄마도 카랑카랑한 목소리로 돌아가 버렸다.

"온 식구가 이리저리 흩어져 사는 거? 그게 뭐가 그렇게 부러운 건데?"

내 그릇 속의 국수 가락들이 뱅뱅 맴을 돌고 있나. 잠깐 놓였던 다리가 맥없이 무너져 내리고 있었다.

"자식들 행복을 위해서 부모가 그 정도는 참아야지. 돈만 있으면 나도 우리 도진이, 도영이 필리핀 아니라 캐나다, 미국. 어디든 다 보내 주고 싶거든!"

아빠를 노려보는 엄마 눈에서 당장이라도 레이저가 발사될 기세였다.

"자식 행복? 당신 눈엔 우리 애들이 행복해 보여? 돈, 돈, 돈! 그 지겨운 돈타령 지치지도 않아?"

아빠가 던진 젓가락이 식탁 밑으로 시끄럽게 떨어져 내렸다.

맴돌던 국수 가락들이 퉁퉁 불어 엉켜 버렸다. 아직 한 젓

가락도 먹지 못했는데. 화가 나서 참을 수가 없었다.

"정빈이 엄마 아빠, 이혼한대요. 이혼!"

엄마, 아빠는 그제야 나를 보았다.

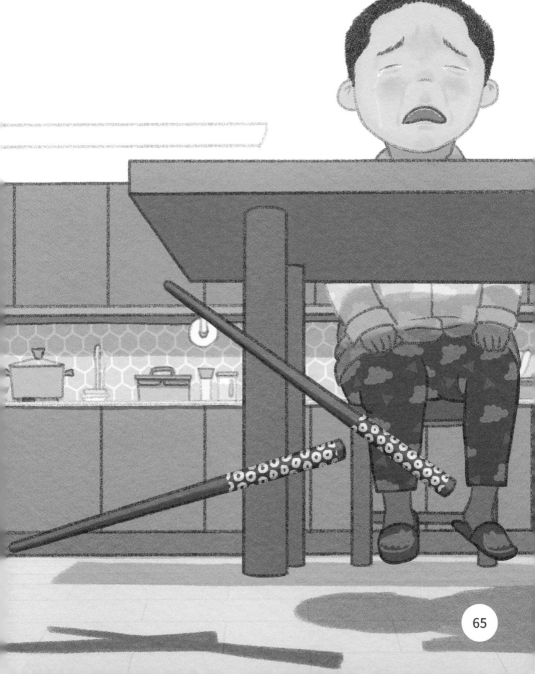

"엄만 이러려고 오랜만에 요리한 거예요? 아빠는 왜 낚시 안 갔어요?"

툭툭 굴러떨어지는 눈물을 훔치며 천천히 말했다. 하지만 정말 하고 싶었던 말은 그게 아니었다.

'식사 시간 망쳐서 죄송해요.'

우리 가족의 섬도 누가 좀 이어 주었으면 좋겠다.

형에게라도 마음을 털어놓고 싶어 메일을 열었지만, 쓸 말이 없었다.

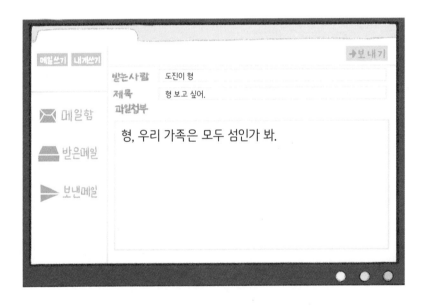

한 줄을 겨우 썼다가 그마저도 얼른 지워 버렸다.

함정을 조심해!

"자, 번호대로 나와서 자기 그림 받아 가도록."

선생님은 종례 시간에 지난번 미술 시간에 그린 그림을 나누어 주셨다. 다시 보고 싶지 않은 우리 가족 닮은꼴. 나는 그림을 받자마자 누가 볼까 봐 반으로 꾹 접어 버렸다.

"그 그림을 가지고 가서 가족들의 만족도를 알아 오는 것이 숙제입니다."

이 무슨 날벼락이란 말인가!

"우~."

"안 돼요!"

아이들의 반응 역시 거칠었다.

"여러분 나름대로 그린 것이니까 다른 가족들의 의견도 들어 봐야 하지 않을까요? 촌스럽게 별 스티커 걸어야 할까?"

선생님의 웃음이 저렇게 얄밉게 보인 적도 없었던 것 같다.

"만족도 조사는 선생님이 나누어 주는 종이에 담긴 형식대로 해 오면 됩니다. 이상!"

선생님이 나간 교실은 아이들의 불만으로 시끄러웠다.

정빈이와 나는 말없이 운동장을 가로질렀다. 그림이 담긴 가방은 쇳덩이처럼 무겁게 어깨를 짓눌렀다.

"나야 뭐, 대충 거짓말로 적어 가면 되지만. 소심 대왕, 넌 어쩔래? 헤헤헤."

정빈이가 장난스럽게 던진 말에 기분이 확 상해 버렸다.

"…"

"에이, 삐쳤냐? 피시방이나 갈까?"

"됐어."

피시방이라는 말이 사탕처럼 달콤했지만, 숙제 걱정이 앞섰다.

"오늘 내가 같이 파티 사냥 도와줄게. 응?"

혼자 잘만 가던 정빈이가 오늘따라 집요했다.

"꼬리가 길면 밟히는 법이거든!"

"너, 나랑 놀 시간도 얼마 남지 않은 거 몰라?"

정빈이가 대뜸 으름장을 놓았다.

"정말 가는 거야?"

"아, 몰라."

이번엔 정빈이가 부루퉁해졌다.

"아빠한테 잘 말씀드려 봐. 이혼이 그렇게 쉬운 거야?"

"어른들이 언제 우리 마음 헤아리는 거 봤어? 피시방 갈 거야? 안 갈 거야?"

"가자, 가!"

또 졌다. 학원에 가더라도 공부가 머리에 들어올 리 없었다.

처음 해 본 파티 사냥은 정말 정신없었다.

게임 캐릭터는 저마다 맡은 역할과 능력이 있다. 길을 뚫는 사람, 괴물과 싸우다 소모되는 에너지를 채워 주는 사람, 가까이서 공격하는 사람, 멀리서 공격하는 사람. 모두 자기 할 일을 잘해야 무사히 괴물을 무찌르고 마법의 문을 열 수 있다.

"엔젤님. 거기는 함정이에요. 조심하세요."

"톡톡님. 괴물 재우는 마법 쓰세요."

정빈이는 리더가 되어 사람들을 이끄느라 바빴다. 나도 정빈이를 열심히 따라다녔다.

"섬 집 소년, 에너지, 에너지!"

내 역할은 에너지를 채워 주는 사람이다. 크게 공격을 해서 괴물을 해치우지는 못하지만, 다른 사람들이 내 도움에 죽지 않고 싸울 수 있다. 또 섬을 잇는 마지막 순간에 마법진을 펼쳐서 문을 여는 중요한 역할도 있다. 나는 내 역할이 정말 마음에 들었다. 정빈이가 내 성격에 딱 맞는다며 골라 줄 때는 무슨 말인가 했는데 해 볼수록 그 말뜻을 알 것 같았다.

나는 환하게 열린 게임 속 세상으로 빠져들어 갔다. 나와 팀을 이룬 아빠와 엄마, 형이 내 옆에서 함께 달렸다. 옆에 있는가 싶었던 가족들이 번쩍 내리친 번개 때문에 뿔뿔이 흩어져 버렸다.

우리 사이에는 깊은 바다가 놓였고, 아무리 불러도 목소리가 전해지지 않을 만큼 멀어져 있었다. 크고 작은 괴물들이 흩어진 우리 가족들을 공격했다. 형이 쓰러지고, 엄마가 울부짖었다. 공격에 맞서보지도 못한 아빠는 괴물의 발아래 깔려 버둥대고 있었다.

나는 있는 힘껏 에너지를 날렸다. 조금만 더! 조금만 더! 나의 에너지가 거의 닿을 듯했다. 마법의 문만 통과하면 모든 게 원래대로 돌아올 수 있다.

'달려! 달려!'

정말로 달리고 있는 것처럼 온몸에 힘이 들어갔다.

'찌링찌링!'

미리 설정해 둔 휴대 전화 알람이 울렸다.

"우와! 성공이다! 서도영, 수고했다!"

정빈이가 거칠게 머리를 쓰다듬었다. 첫 파티 사냥이 성공적으로 끝났다. 처음으로 큰 섬을 이어 보았다. 나는 고개를 저으며 모니터를 다시 살폈다. 미션 성공을 알리는 축하 메시지가 화면에 가득했다.

"우리 가족들은 어떻게 됐지?"

모니터를 멍하니 보다 나도 모르게 말했다.

"무슨 말이야?"

정빈이가 고개를 갸웃거렸다.

"아니, 아니야."

아까 보였던 우리 가족은 내 상상이었다는 걸 그제야 깨달았다. 하지만 처음으로 나 말고 세 사람이 걱정되었다. 아빠나 엄마, 형도 나처럼 간절하게 도움의 손길을 찾고 있을 거란 생각이 들었다.

"서도영, 안 갈 거야?"

"어? 가야지."

게임만 하면 몇 시간이 몇 분 같다. 알람을 설정해 두지 않았다면 집에 갈 시간도 몰랐을 거다.

"어때? 파티 사냥 하니까 혼자 할 때보다 훨씬 재밌지?"

"우와, 진짜 긴장되더라. 그래도 재밌었어."

우리 둘은 신이 나서 피시방을 나섰다. 마치 전쟁이라도 이기고 오는 장군들처럼 어깨를 으쓱거렸다.

"게임이 현실이면 좋겠다."

정빈이가 진지한 표정으로 말했다.

"무슨 말이야?"

"너도 너희 가족을 섬으로 그렸다며. 흩어진 섬들을 잇는 것처럼 우리 가족도 다 이을 수 있으면 좋겠다고."

정빈이가 길게 한숨을 쉬며 말했다. 나도 게임을 할 때 우리 가족의 모습이 보였다고 얘기하려다 그만두었다. 그러면 얘기가 길어질 텐데 지금은 서둘러 집에 갈 일이 더 급했다.

저주의 부적

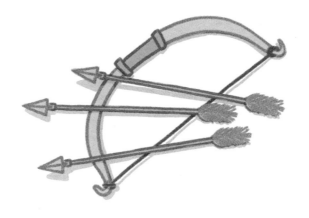

정빈이와 헤어져 집으로 오는 동안 걱정이 다시 머릿속을 채웠다. 어떻게 숙제로 받은 그림을 엄마, 아빠 앞에 내놓아야 할지 뾰족한 방법이 떠오르지 않았다. 집에 가서 얼른 다른 그림으로 바꿔 그려야겠다는 생각이 스쳤다. 발걸음이 빨라졌다.

"서도영! 너 이리 와."

집에 들어서자마자 엄마의 목소리가 날카롭게 날아들었다.

"엄, 마!"

"너, 학원도 안 가고 어디서 뭐 하다가 오는 거야?"

엄마가 게임 속 괴물처럼 무섭게 달려들었다.

"조금 전에 학원에서 전화 왔어. 오늘이 처음도 아니라면서!"

엄마가 거칠게 내 어깨를 내리쳤다. 미리 전화한다는 것을 잊은 게 이제야 생각이 났다.

"엄마, 잘못했어요."

절로 손이 모였다.

"너 이러라고 엄마가 힘들게 일하러 다니는 줄 알아?"

'형 때문에 일 다니는 것 뻔히 아는데 왜 내 탓이람?'

정말 하고 싶은 말이었지만, 더 맞을까 봐 참았다.

"왜 그러는 거야?"

때마침 아빠가 돌아왔다.

"넌, 학원 다닐 필요 없어. 학교도 가지 마!"

엄마는 더욱 목소리를 높였다.

아빠가 엄마와 나 사이를 가로막았다. 일단 엄마에게서 나를 떼어놓고 자초지종을 물었다.

"무슨 일이냐니까!"

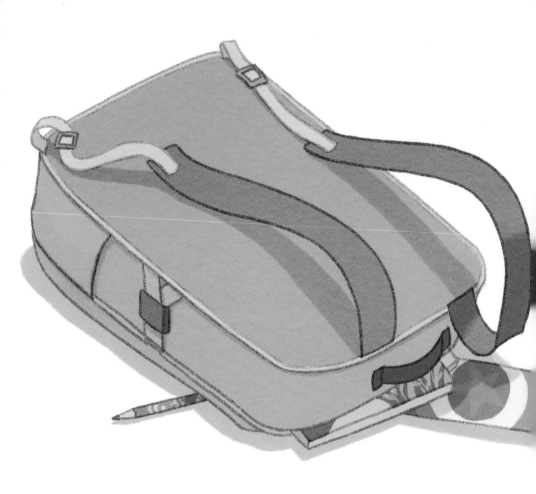

"걸핏하면 학원 빠졌대. 오늘도 학원 안 가고 어디서 뭘 하
다 이제 들어왔다고!"

엄마는 내 가방을 열어 안의 것들을 바닥에 쏟았다.

"다 갖다 버려. 공부하기 싫으면 아무것도 하지 마!"

자잘한 것들이 쏟아진 뒤에 마지막으로 하얀 종이가 툭 떨
어져 내렸다.

'아! 어떡해!'

저 그림이 이렇게 등장하게 될 줄이야! 그림이 마치 저주의 부적같이 느껴졌다. 엄마 손끝에서 그림이 펼쳐졌다. 엄마의 고함이 멈추었다. 그림을 살피는 엄마의 눈살이 점점 찌푸려졌다. 엄마를 내려다보던 아빠도 그림을 보려고 자세를 낮추었다.

"도영아, 이게 뭐야?"

아빠가 먼저 물었다.

"묻는 말 안 들려?"

엄마가 뒤이어 매섭게 다그쳤다. 정말 말하고 싶지 않았다. 그림을 가루가 되도록 찢어 버리고 싶었다.

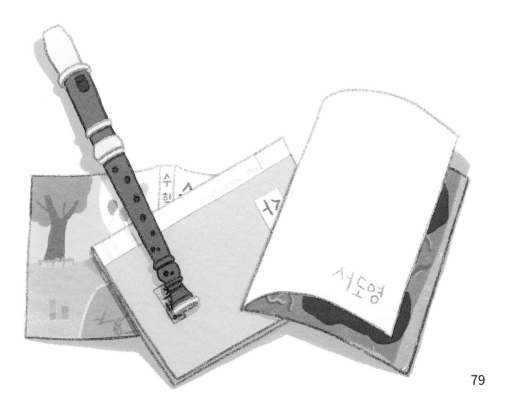

"미술 시간에 그린 거예요."

"뭘 그린 거냐니까?"

엄마가 또 윽박질렀다. 그림 보면 딱 아는 걸 왜 자꾸 묻는지 모르겠다.

"우리 가족 닮은꼴이요."

"허!"

엄마가 고개를 젖히며 헛웃음을 날렸다. 그러면서 만족도 조사지를 내 앞에 흔들었다.

"이 종이는 또 뭐야?"

"그림에 대해서 가족들 만족도를 알아 가야 해요."

"이따위를 그려 와서 소감을 알아 간다고? 우리 집 망신시키려고 작정했어?"

엄마가 흥분해서 나를 다그치는 사이 아빠는 조용히 그림만 보고 있었다.

"너, 어디 갔다 왔는지 빨리 말 안 해?"

엄마는 다시 사건의 처음으로 돌아갔다. 이렇게 된 이상 뭘 더 숨기겠는가!

"정빈이랑 피시방 갔었어요. 정빈이랑 같이 놀 날도 얼마 남지 않았거든요."

"너! 후~ 나 참. 너! 대체…"

엄마는 기가 막힌 듯 말을 제대로 잇지 못했다.

분명히 나는 어떤 저주에 걸린 것만 같았다. 나한테 왜 이런 일이 일어나고 있는지 누가 좀 가르쳐 주었으면 좋겠다. 눈물도 겁이 나 쏙 들어가 버린 모양이었다. 울기라도 하면 좀 덜 혼날지도 모르는데.

"도영아, 이 숙제 어떻게 해야 하는 거니?"

그림만 보고 있던 아빠가 물었다.

"지금 그깟 그림이 중요해? 애가 학원 빠지고 피시방 갔다는데!"

엄마는 아빠 손에 들려 있던 그림을 내팽개쳐 버렸다. 아빠는 다시 그림을 주워 엄마 앞에 펼쳤다. 그리고 나지막하게 말했다.

"당신은 이 그림을 보고도 그런 말이 나와? 이렇게 뚝뚝 떨어진 섬이 지금 우리 가족 현실이라고."

엄마는 무슨 말을 하려다 고개를 돌려 버렸다.

형의 어학연수 때문에 엄마, 아빠가 싸울 때 가만있기만 하는 형이 얄미웠다. 가기 싫은 척하면서도 결국은 혼자 어학연수를 가 버렸을 땐 더욱 그랬다. 그 이후로 내가 어떤 집에서 살고 있는지 전화해서 따지고 싶은 마음도 들었다. 그런데 엄마, 아빠가 지금은 나 때문에 싸우고 있다. 지난 일요일에도 그랬고.

미움의 화살이 내 쪽으로 방향을 바꾸어 날아들었다. 아무리 이리저리 도망쳐도 화살들은 나를 따라왔다. 숨을 곳도 없는 평원을 나는 끝없이 달려야 했다.

"도영아, 방에 가 있어라."

아빠가 가방을 챙겨 내게 내밀었다. 그제야 눈물이 쏟아졌다. 아빠는 내 눈물을 닦아 주고 등을 살짝 다독여 주었다.

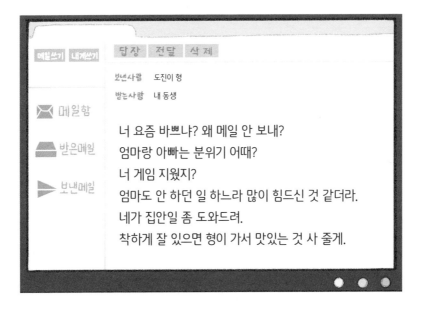

어제 읽었던 형의 메일이 떠올랐다. 자기나 잘 지낼 것이지 뭔 걱정을 그렇게 하는지. 나도 이 집을 떠나 다른 곳으로 가고 싶었다.

나도 너 따라 캐나다 갈까?

정빈이에게 메시지를 보냈다.

정빈이의 답장을 기다리다 언제 잠이 들었는지도 모르겠다. 내 그림 속의 섬들이 벼락을 맞아 가루가 되어 버리는 꿈에서 깨어 보니 온몸이 땀으로 흠뻑 젖어 있었다.

다시 잠들기가 무서웠다. 방을 나가기도 무서웠다. 커튼을 젖히니 푸르스름하게 하늘이 밝아오고 있었다. 어떻게 해야 하나 고민하다가 다시 침대에 누워 버렸다.

아빠가 내민 손

"서도영! 학교 늦겠다. 어서 일어나라!"

아빠의 밝은 목소리와 함께 방문이 열렸다. 밤사이 시간이 거꾸로 흐른 것 같은 착각이 들었다. 형이랑 같이 있을 때 아빠가 저렇게 가끔 우리를 깨우곤 했다.

"아이고, 우리 아들! 눈이 퉁퉁 부었네. 얼른 세수하고, 아빠랑 아침 먹자."

"네."

느릿느릿 몸을 일으켰다. 아빠가 하루아침에 달라진 것이 마냥 어색했다.

"도영아, 미안하다."

씻으러 나가려는데 아빠가 어깨를 잡았다. 그 말에 왜 눈물이 났는지 모르겠다. 어제 엄마한테 맞을 때는 몸이 아팠는데 아빠의 말은 마음을 아프게 했다.

엄마가 빠진 식탁에서 아빠와 마주 앉았다. 토스트와 우유가 전부였다.

"오늘은 준비가 부족하니 대충 먹자. 내일은 아빠표 김치찌개 맛보여 줄게."

"아빠."

"응?"

"왜 이러세요?"

나는 아빠를 빤히 보았다.

"도영아!"

아빠는 큰 숨을 한번 들이쉰 뒤에 말을 이었다.

"흠. 네 그림을 보고 한숨도 못 잤다. 그 그림을 보고 소감을 말하라면 나는 '끔찍하다'야. 엄마와 부딪히는 일에 너무 지쳤던 것 같아. 그냥 조용히 넘어가면 되겠지 생각한 적도 많아. 엄마도 다 너희를 위해서 그러는 것일 테니까. 할아버지 되게 무서웠던 것 기억나지? 아빠는 그런 아버지가 되고 싶지 않았거든. 그런데 아빠가 생각을 잘못하며 산 것 같다. 아이고, 아침부터 얘기가 길어졌네. 어서 먹어!"

"죄송해요. 그렇게 그려서."

"아니야. 아빠가 이제야 정신을 차린 기분이다. 참, 그 만족도 조사지에 어떻게 바꾸고 싶은지 물어보는 질문도 있더라. 밤새 좋은 방법이 없을까 얼마나 고민했는지 몰라. 넌 뭐 생각해 본 것 없어? 그대로 섬인 채 둘 수는 없잖아?"

거실을 내다보니 아직 내 그림이 탁자 위에 펼쳐져 있었다. 할 수만 있다면 그림으로 들어가 섬들을 다 이어놓고 싶었다.

아빠가 학교 앞까지 함께 걷자고 했다.

"어제도 그 게임을 한 거야?"

"네."

"무슨 섬인가. 그거?"

"섬 잇기 대작전이요."

"게임 하다가 그 그림이 생각난 거야?"

아빠가 그림 이야기로 말을 이어가자 또 마음이 뜨끔했다.

"네. 선생님이 갑자기 그리라니까 딱히 생각나는 게 없었어요."

"가만, 섬 잇기라고? 거기선 어떻게 섬을 잇니?"

아빠가 자꾸 말을 거는 게 싫지 않았다.

"배를 타고 가기도 하는데 주로 다리를 놓아야 해요. 섬이 흩어져 있으니까. 근데 괴물들이 지키고 있어서 쉽지 않아요. 고렙. 아, 그러니까 높은 레벨이 되면 펫이라고 커다란 새나 용이 있거든요. 그걸 타고 갈 수도 있고요. 제일 중요한 건 마법 문을 여는 거예요."

신이 나서 떠들어대는 나를 아빠가 웃으며 내려다보고 있었다.

"혼자서 다 하는 거야?"

"아니요! 파티 사냥을 해야 해요. 혼자서는 못하죠! 파티 사냥을 하면 능력이 다른 캐릭터들이 모여서 대장 괴물을 해치울 수 있어요."

나도 모르게 들떠서 목소리가 높아졌다.

"정빈이가 도와줘서 처음으로 파티 사냥을 해 봤어요. 저는 에너지를 채워 주는 캐릭터거든요. 어떤 파티원이 에너지가 필요한지 살펴보느라 정신이 없더라고요. 잠깐 방심했다가는 나 때문에 사냥을 망칠 수도 있고, 내가 괴물한테 당할 수도 있어요. 그래도 다 같이 해내고 나니 얼마나 뿌듯하던지. 헤헤헤."

그 순간을 떠올리니 저절로 신이 났다.

아빠는 얼굴 가득 미소를 지으며 고개를 끄덕였다.

"그렇구나. 우리 도영이가 푹 빠질 정도라면 얼마나 재밌을까? 아빠도 한번 해 보고 싶은걸!"

"네?"

"같이하면 더 재미있다며?"

"그건 그렇지만."

농담인지 진담인지 알 수가 없었다.

"낚시 말고 도영이 따라 피시방을 가야겠네. 하하하."

"아이, 참!"

"하하하하!"

내 얼굴이 빨개지는 걸 보며 아빠는 더 큰 소리로 웃었다.

"어쨌든 도영이가 아빠한테 좋은 힌트를 주었어. 그럼 우리 가족 섬도 어떻게 이을지 한번 생각해 보자!"

다른 날보다 학교까지 가는 길이 짧게 느껴졌다. 아빠는 밝은 웃음으로 인사한 뒤 버스 정류장으로 향했다. 나는 멀어져 가는 아빠를 오랫동안 지켜보았다. 소파 섬의 아빠와 컴퓨터 섬의 나 사이에 조그만 다리가 놓인 것 같았다.

오늘 정빈이가 학교에 오지 않았다. 어젯밤에 있었던 일부터 해 줄 말이 많은데 첫 수업이 다 끝날 때까지 나타나지 않았다. 전화도 받지 않으니 더욱 걱정되었다.

"선생님."

결국 점심시간에 선생님을 찾아갔다.

"어! 도영아, 무슨 일이니?"

"정빈이가 안 와서요."

"응. 좀 아프다고 할머니가 전화하셨더라. 걱정했구나? 네가 한번 가 볼래?"

"네."

"참, 도영아!"

"네?"

"부모님께 그림 보여 드렸어?"

"네."

그걸 꼭 확인하는 선생님이 또 얄미웠다.

"그래, 잘했다. 같이 의논하면 더 멋진 닮은꼴을 찾을 수 있을 거야!"

선생님이 어깨를 다독여 주며 말했다. 조금 전 얄밉게 느낀 것이 괜히 죄송했다.

학교를 마치고 서둘러 정빈이 집으로 향했다.

정빈이는 울어서 퉁퉁 부은 얼굴로 누워 있었다.

"어떻게 된 거야? 많이 아파?"

"몸이 아니라 마음이."

"내가 보낸 메시지 못 봤어?"

정빈이는 대답 대신 부서진 휴대 전화를 보여 주었다. 엄마한테 캐나다 안 가겠다고 선언한 뒤 휴대 전화를 벽에 던져 버렸단다. 당연히 내가 보낸 메시지도 봤을 리가 없었다.

"나 어제, 그림 들켰다! 학원 안 가고 피시방 간 것도. 전부다."

내 말에 모로 돌아누워 있던 정빈이가 벌떡 일어났다. 그러더니 얼굴을 바짝 들이대고 질문을 쏟아냈다.

"무사했어? 맞았어? 빨리 말해 봐!"

"조금 맞고 잔소리 엄청 듣고."

나는 정빈이에게 하고 싶었던 이야기를 모두 들려주었다.

"아빠가 밤사이 완전히 변했다고? 정말? 그게 가능해? 무슨 드라마도 아니고."

"정말이야. 나도 믿기지 않지만, 아빠가 갑자기 변했다니까. 학교 앞까지 같이 걷기도 했어!"

정빈이는 내 말을 믿지 못하는 눈치였다. "정말? 정말?" 소리치며 몇 번이나 다시 물었는지 모른다.

"너도 아빠한테 그림 보여 주면서 얘기 좀 해 봐."

"우리 아빠가 너희 아빠랑 같을 리가 있냐?"

정빈이는 벽을 향해 베개를 휙 던졌다.

"너도 게임이 현실이 되었으면 좋겠다며. 부딪혀 봐."

"쳇, 아빠랑 분위기 좀 좋아졌다고 내 앞에서 잘난 척하는 거냐? 소심 대왕이 웬 자신감?"

말은 그렇게 해도 정빈이 눈에는 부러움이 가득했다.

가족회의

그날 밤, 약속이나 한 것처럼 엄마와 아빠가 일찍 돌아왔다.

보고 싶지 않은 내 그림이 우리 사이에 자리 잡고 있었다.

"당신은 이 그림에 대한 소감이 어때?"

아빠가 엄마에게 물었다.

"소감은 무슨. 보기도 싫어. 선생님이 우리 가족을 뭐라 생각했겠냐고!"

엄마는 나를 노려보며 말했다.

"도영이가 제대로 그렸어. 우리가 노력해야 이 그림을 바꿀

수 있지 않을까? 어떤 노력이 필요할지 서로 의견을 내 보자고."

아빠는 엄마와 달리 표정이 밝다. 마치 내 그림이 무척 마음에 드는 것처럼.

"도영이부터 얘기해 볼래?"

아빠가 답을 말해 주면 좋겠는데 왜 저렇게 어려운 걸 나한테 물어보는 것인지 이해할 수가 없었다. 내가 뭘 잘못했다고. 솔직히 엄마, 아빠가 만날 싸우고 분위기 망쳤던 건데.

"당신이 문제잖아. 늘 회사 일이 우선이고. 나 보고 의논을 안 한다고? 언제 의논할 시간이나 준 적 있어? 그래놓고 도진이 필리핀 보낸 뒤로 아주 대놓고 술! 술! 휴일이면 혼자 훌쩍 나가 버리거나 하고. 일하면서 살림하는 게 얼마나 힘든지 알아? 도와줄 생각은 해 봤냐고?"

엄마가 또 따지고 들었다. 결국, 싸움이 일어날 것이 뻔했다.

"그래, 미안해."

아빠가 뭐라고 공격할지 기다리던 엄마의 표정이 멍해졌다. 그렇게 싸우는 걸 자주 보았지만, 누군가의 입에서 사과하는 말이 나오긴 처음이었다.

"당신 정말 왜 그래? 어디 아파?"

그 바람에 엄마의 쏘는 말투가 한결 누그러졌다.

"보시다시피 멀쩡해! 걱정하지 마. 하하하."

엄마, 아빠를 보며 게임을 떠올려 보았다. 마주치기만 하면 '따따따따' 연속 공격에 강한 엄마는 근거리 공격수, 엄마 말을 받아 주지 않으면서 엄마를 속상하게 하고 열을 올리는 아빠는 원거리 공격수다.

둘이 힘을 합쳐 파티 사냥을 하게 되면 내가 에너지를 채워 줘야 하는 건가? 그런데 우리의 적은 누구일까? 함께 해치워야 할 괴물은 어디에 있는 걸까?

"엄마도 아빠한테 짜증 좀 내지 마세요."

"얘! 너희 아빠가 먼저 짜증 나게
하거든!"

"뭐? 당신이 만날 구박하니까 그렇지!"

말 잇기 놀이를 하듯 한 사람
말이 끝나기 전에 불만이 이어졌다.
그러다가 셋이 동시에 하던 말을
멈추고 침묵이 흘렀다.

"하하… 하하하!"

"허, 호호."

"히히히."

웃음이 터진 것도 거의 동시였다.

"좋아, 좋아! 서로 하고 싶었던 얘기부터 시작해 보자."

아빠는 '짝짝' 손뼉을 치며 분위기를 돋우었다. 엄마 입꼬리가 살짝 올라가 있었다.

"형도 있었으면 좋았겠다."

혼잣말을 해 놓고 나는 또 가슴이 덜컥 내려앉았다.

"그러게 말이다. 녀석, 그래도 잘 지내고 있는 모양이던데?"

"당신이 잘 지내고 있는지 어떻게 알아?"

다행히 아빠와 엄마가 다시 뾰족해지지 않았다.

"전화해서 목소리 들으면 알지."

아빠가 목소리에 힘을 주었다.

"섬 같다고 하던데."

내 말에 엄마, 아빠의 눈이 커졌다.

"아니, 처음에 잘 도착했냐고 메일 보냈더니 그러더라고요. 지금은 안 그렇겠죠, 뭐."

나는 서둘러 변명했다.

"우리 도영이 기특하네. 형도 챙길 줄 알고."

엄마가 머리를 쓰다듬어 주었다. 기분이 우쭐해졌다.

"그거 봐, 도영이 그림이 딱 맞다니까!"

아빠가 다시 그림을 들어 보였다. 나는 손사래를 치며 얼른 그림을 내려놓았다. 그 모습에 아빠와 엄마가 마주 보며 웃었다.

엄마는 그동안 어떻게 참고 살았나 싶을 정도로 많은 이야기를 털어놓았다. 아빠는 고개를 끄덕이거나 한숨을 쉬기도 하면서 그 긴 이야기를 모두 들어주었다. 또 둘만 이야기가 오가고 있지만, 오늘은 다른 날처럼 속상하지가 않았다. 학원 숙제를 핑계로 나는 방으로 왔다.

잠을 자려고 누우니 천장에 내 그림 속 섬들이 나타났다. 손가락으로 섬 사이에 다리를 하나씩 그려 넣어 보았다.

'다리 놓기가 제일 중요한 단계야.'

정빈이가 했던 말이 떠올랐다.

다음 날, 학교에 온 정빈이는 전날 있었던 일을 모조리 말해 주었다. 정빈이는 아빠에게 이혼 문제에 대한 자기 생각을 솔직하게 말하고, 콩가루로 대신한 가족 닮은꼴 그림도 보여 주었단다.

"우리 아빠도 입을 다물지 못하시더라고."

정빈이는 입을 떡 벌리며 흉내를 냈다.

"나는 진짜 한 대 맞을 줄 알았거든. 그런데 그저 한숨만 푹푹 쉬는 거야. 그래도 난 끝까지 할 말을 했지. 캐나다 가기 싫어요! 엄마랑 이혼하는 건 더 싫어요!"

정빈이다운 용기였다. 정빈이네 섬에도 하나씩 다리가 놓였으면 좋겠다.

선생님은 만족도 조사 숙제를 걷었다.

그리고 나를 또 불렀다.

"도영아, 어서 와!"

선생님이 밝은 얼굴로 반겨 주었다.

무슨 말이 시작될지 가슴이 두근거렸다. 손가락 사이에 땀도 차올랐다.

"도영이 용기를 아주 칭찬해!"

선생님은 소리 내어 손뼉을 쳐 주었다. 얼굴이 달아올랐다.

"엄마, 아빠의 끔찍하다는 소감이 인상적이구나. 다 함께 얘기한 거니?"

선생님께 그림을 들키게 된 과정과 그 뒷일을 솔직하게 털어놓았다. 선생님은 흐뭇한 얼굴로 내 이야기를 듣기만 했다.

"아직 무엇으로 바꿀지는 모르겠어요. 그래서….."

나는 그림을 펼쳤다.

"이렇게 섬 사이에 다리를 그려 넣어 봤어요."

"역시 우리 도영이의 표현력은 대단해! 실제 생활 속에선 어떤 것이 다리 역할을 하는지 궁금하구나."

"예전보다 대화를 많이 해요. 엄마가 늦게 오는 날은 아빠가 밥을 하기도 하고. 필리핀에 있는 형이랑 화상 통화도 다 같이 했어요."

선생님은 내 얘기를 들으며 고개를 끄덕였다.

"그런데 도영아, 섬은 떨어져 있는 것처럼 보여도 사실 깊은 곳에서 다 하나로 이어져 있다는 것 아니?"

"네."

"그래. 도영이 훌륭하네!"

아이들과의 관계나 학교생활 중에 어려운 건 없는지 몇 가지를 더 묻고 대답하고 나서 선생님과의 시간이 끝났다.

일어서는데 선생님이 쪽지 하나를 적어 내 손에 쥐여 주었다.

'조용하지만 강한 도영이! 선생님이 마음으로 항상 응원할게!'

소심하다는 말을 그렇게 표현해 준 선생님이 고마웠다. 선생님이 그런 그림을 그리라고 하지 않았다면 어땠을까? 어떤 일이 일어날지 다 알고 있었던 도사님 같았다.

"선생님이 뭐라고 하셨어?"

나보다 먼저 선생님을 만나고 나온 정빈이에게 물었다.

"차라리 캐나다에 가는 게 어떠냐고 하시더라."

나는 정빈이의 대답에 깜짝 놀랐다.

"뭐라고?"

"엄마한테 직접 가서 내 뜻을 전하래. 외국 여행도 가고 좋잖아? 그러시는 거 있지?"

정빈이가 그 말을 하면서 웃었다.

"그래서 생각해 봤는데, 아빠한테 같이 가자고 한번 말해 보려고."

아! 그런 방법도 있었구나!

"만렙이라 역시 펫 타고 날아가는 거야?"

"헤헤헤, 좋은 해석인걸? 그런 의미에서 서도영 군! 우리 오랜만에?"

정빈이가 눈을 가늘게 뜨며 옆구리에 몸을 붙였다. 무슨 신호인지 뻔히 알고 있다.

"잠깐, 엄마한테 메시지 넣어 볼게."

"어이구, 소심 대왕 아니랄까 봐."

자꾸 정빈이 핑계 댈 거야? 한 시간만!

엄마가 보낸 답장을 정빈이 얼굴 앞에 내밀었다.

"소심 대왕 대신 마마보이로 바꿔 줄까?"

정빈이가 혀를 쑥 내밀어 놀린 뒤 앞서 달렸다.

"야, 너 거기서!"

나도 뒤이어 달렸다. 어느새 나란히 달리는 우리 둘 사이로 맞서오던 바람이 시원하게 비켜 지났다.

뜻밖의 선물

> 도영아, 이번 주 금요일 엄마 생일이다.

아빠한테서 메시지가 왔다.

아빠가 바뀌기 시작하면서 집안 분위기가 전보다 나아지기는 했다. 그래도 엄마는 틈만 나면 아빠한테 투덜거리거나 짜증을 냈다.

"엄마 진짜 너무해요."

그런 엄마가 나는 못마땅했다.

"아니야! 네가 모르는 어른들의 세계가 있단다. 하하하!"

오히려 아빠는 아무렇지 않은 듯 말했다. 나는 뚱한 표정을 지었다.

"흠, 엄마 섬이 뭐였지?"

"침대 섬이요."

"그렇지? 잠에서 깰 때 좀 시간이 걸리잖아? 더 자고 싶어서 칭얼거리기도 하고 꿈인지 현실인지 애매하기도 하고 그런 거. 엄마가 딱 그런 상태라고 생각해 주면 어떨까?"

그제야 아빠의 설명이 마음에 와닿았다.

...

금요일 저녁이 되었다.

미리 얘기했던 대로 아빠가 이것저것 준비물을 사 들고 왔다.

"이건 좀 유치하지 않니?"

아빠는 만화 캐릭터가 그려진 생일용 고깔모자를 들고 고개를 갸웃거렸다.

"생일 파티니까 있긴 있어야죠. 참, 아빠! 기타요, 기타!"

나는 계획했던 추억의 노래 불러 주기가 생각나 아빠를 재촉했다.

아빠는 나와 계획을 세울 때와 달리 자신 없는 표정을 보였다.

"그걸 꼭 해야 하나? 손이 굳어서 잘 되지도 않을 것 같은데."

"감동 주기 작전! 그게 딱! 이라면서요?"

"막상 하려니…."

아빠는 마지못해 기타를 들고나왔다. 케이크까지 확인하는 것으로 엄마를 위한 깜짝 파티 준비가 마무리되었다. 이제 엄마의 등장만 남았다.

9시가 넘어서야 엄마가 돌아왔다. 집이 컴컴한 것에 한숨을 쉬며 들어오던 엄마는 내가 들고 나간 생일 케이크를 보고 눈이 휘둥그레졌다.

"엄마! 생신 축하! 축하합니다! 아빠! 뭐 해요?"

아빠는 기타를 치며 등장해 옛날에 엄마가 좋아했다는 노래를 불러 주기로 되어 있었다.

"여보, 생일 축하해!"

아빠는 결국 노래는 부르지 못하고 짧은 인사말만 전했다. 미리 준비해 두었던 기타는 소파 뒤에 숨겨 둔 채.

그래도 아른아른 촛불 사이로 보이는 엄마의 표정이 미소를 머금고 있었다.

"아침까지 별말 없더니?"

엄마는 아빠와 내가 차린 서툰 생일상 앞에서 입이 벌어졌다.

"당신 좀 더 자라고. 어제 늦게 마치고 와서 피곤했잖아."

아빠가 엄마에게 미역국을 내밀며 말했다.

"엄마, 깜짝 파티는 아빠 아이디어예요!"

나는 엄마가 아빠 마음을 알아주었으면 했다.

"아냐, 아냐."

아빠는 쑥스러운지 머리를 긁적였다.

엄마 코가 빨개졌다. 엄마는 무슨 말을 하려 입을 떼다 말았다. 아빠가 나에게 눈신호를 보냈다.

"엄마! 자, 선물이요!"

나는 학교 앞 선물의 집에서 사 온 나비 모양 핀을 내밀었다.

"아유, 예쁘다. 이 핀 꽂으면 훨훨 나는 기분이겠어!"

엄마가 웃었다.

"어, 잠깐만."

안방에 급히 들어갔다 나온 아빠가 하얀 봉투를 내밀었다.

"어머! 비행기 표잖아?"

봉투를 열어 본 엄마 얼굴이 더 환해졌다.

"도진이 안 보고 싶어? 나는 우리 큰아들 보고 싶어 죽겠다. 생각난 김에 미룰 것 뭐 있어? 그냥 가는 거야!"

"여보!"

"와! 아빠 최고!"

나한테도 말하지 않은 아빠의 깜짝 선물이었다. 엄마가 먼저 아빠의 손을 꼭 잡았다.

"여보, 이거 진짜 감동이다. 고마워!"

아빠가 나를 향해 눈을 찡긋했다. 나도 아빠를 향해 엄지

손가락을 치켜세워 주었다.

엄마는 저녁을 먹는 동안 아빠가 끓인 미역국이 맛있다고 몇 번이나 칭찬했다.

저녁을 먹고 형과 화상 통화를 했다. 형도 한결 밝아진 얼굴로 우리를 맞았다.

"엄마! 생신 축하드려요! 나만 빼고 파티한 건 섭섭해요!"

"형, 있지…."

기쁜 소식을 전하려는데 아빠가 옆구리를 쿡 찔렀다.

"아냐, 아냐. 형 보고 싶다고!"

"지금 보고 있잖아."

영문 모르는 형을 두고 우리 셋만 웃었다.

형은 새로 사귄 친구들이랑 축구를 한 이야기, 수업 시간에 칭찬받은 이야기를 들려주며 환하게 웃었다. 형도 더는 그곳에서 섬처럼 지내지는 않는 것 같아 마음이 놓였다. 몸의 거리는 멀리 있지만, 우리 가족들의 마음은 한결 가까워진 기분이 들었다.

"당신이 너무 갑자기 변하니까 사실 얼떨떨했어."

화상 통화를 끝내고 엄마가 과일을 깎으며 말했다.

"이게 다 우리 도영이 그림 덕분이지."

"아유, 그 그림! 이제 그만 말해."

엄마는 여전히 그림 얘기에는 얼굴을 찌푸렸다.

"멋진 그림 덕분에 내가 정신을 번쩍 차린 거잖아. 도영아, 이제 침대 섬도 해결된 거 같지?"

아빠가 내 머리를 쓰다듬었다.

"네! 이제 형만 남았어요."

잠자기 전 책상 옆에 붙어 있는 세계 지도에서 필리핀이 어디쯤인지 찾아보았다. 겨우 손가락 몇 마디밖에 되지 않는 거리였다. 진짜 섬으로 간다!